QUERIDOS AMIGOS Y AMIGAS ROEDORES, OS PRESENTO A

LOS PREHISTORRATONES

¡AVENTURAS DE BIGOTES EN LA EDAD DE PIEDRA!

¡Bienvenidos a la Edad de Piedra... en el mundo de los Prehistorratones!

Capital: Petrópolis

Habitantes: ni demasiados, ni demasiado pocos... (¡aún no existen las matemáticas!). Quedan excluidos los dinosaurios, los tigres de dientes de sable (éstos siempre son demasiados) y los osos de las cavernas (¡nadie se ha atrevido jamás a contarlos!).

Plato típico: caldo primordial.

Fiesta nacional: el día del *GRAN BZOT*, en el que se conmemora el descubrimiento del fuego. Durante esta festividad todos los roedores intercambian regalos.

Bebida nacional: Ratfir, que consiste en leche cuajada de mamut, zumo de limón, una pizca de sal y agua.

Clima: IMPREDECIBLE, con frecuentes lluvias de meteoritos.

caldo primordial

RATFIR

MONEDA

Las conchezuelas
CONCHAS DE TODO TIPO, VARIEDAD Y FORMA.

UNIDADES DE MEDIDA

La **cola** con sus submúltiplos: media cola, cuarto de cola. Es una unidad de medición basada en la cola del jefe del poblado. En caso de discusiones, se convoca al jefe y se le pide que preste su cola para comprobar las medidas.

LOS PREHISTORRATONES

Geronimo Stilton

MUERDOSAURIO EN EL MAR... ¡TESORO POR RESCATAR!

Textos de Geronimo Stilton
Inspirado en una idea original de Elisabetta Dami
Diseño original de Flavio Ferron
Cubierta de Flavio Ferron
Ilustraciones interiores de Giuseppe Facciotto *(diseño) y* Alessandro Costa *(color)*
Diseño gráfico de Marta Lorini

Título original: *Mordosauri in mare... tesoro da salvare!*
© de la traducción: Manel Martí, 2014

Destino Infantil & Juvenil
infoinfantilyjuvenil@planeta.es
www.planetadelibrosinfantilyjuvenil.com
www.planetadelibros.com
Editado por Editorial Planeta, S. A.

© 2013 - Edizioni Piemme S.p.A., Corso Como 15, 20154 Milán - Italia
www.geronimostilton.com
© 2015 de la edición en lengua española: Editorial Planeta, S. A.
Avda. Diagonal, 662-664, 08034 Barcelona
Derechos internacionales © Atlantyca S.p.A., Via Leopardi 8, 20123 Milán - Italia
foreignrights@atlantyca.it / www.atlantyca.com

Primera edición: febrero de 2015
ISBN: 978-84-08-13686-6
Depósito legal: B. 46-2015
Impresión y encuadernación: Unigraf, S. L.
Impreso en España - Printed in Spain

El papel utilizado para la impresión de este libro es cien por cien libre de cloro y está calificado como **papel ecológico**.

Hace muchísimas eras geológicas, en la prehistórica Isla de los Ratones, existía un poblado llamado Petrópolis, donde vivían los prehistorratones, ¡los valerosos RODITORIS SAPIENS!

Todos los días se veían expuestos a mil peligros: lluvias de meteoritos, terremotos, volcanes en erupción, dinosaurios feroces y... ¡temibles tigres de dientes de sable!

Los prehistorratones lo afrontaban todo con valor y humor, ayudándose unos a otros.

Lo que vais a leer en este libro es precisamente su historia, contada por Geronimo Stiltonut, ¡un lejanísimo antepasado mío!

¡Hallé sus historias grabadas en lascas de piedra y dibujadas mediante grafitos y yo también me he decidido a contároslas! ¡Son auténticas historias de bigotes, cómicas, para troncharse de risa!

¡Palabra de Stilton,

Geronimo Stilton!

¡Atención!
¡No imitéis a los prehistorratones...
ya no estamos en la Edad de Piedra!

¡FUERA DE LA CAMA, NIETOOO!

Era por la m a ñ a n a temprano, pero muy muuuy muuuy temprano, y yo estaba *roncando roncando roncando* bajo las mantas de mamut, en mi habitacioncita de **Petrópolis**, cuando de pronto…

Oh, disculpad, aún no me he presentado: mi nombre es Stiltonut, GERO-NIMO STILTO-NUT, y dirijo *El Eco de la Piedra*, el periódico más famoso de la prehistoria (*ejem*, ¡quizá porque es el único!).

Como os decía, estaba roncando como un pedrusco prehistórico, cuando de repente oí:

—¡¡¡QUIQUIRIQUÍ-QUIQUÍ-QUIQUÍÍÍ!!!

Di un bote y me desperté de golpe: ¡era el sonido de mi prehistogallo, que me **DESPIERTA** todas las mañanas soltándome «quiquiriquí» en pleno oído! Me estaba estirando perezosamente (*ejem*, soy

PREHISTOGALLO DESPERTADOR
¡imprescindible para despertarse puntual!

un roedor más bien perezoso, lo reconozco, ¿y vosotros?), cuando oí un berrido:

—¡**DESPIERTAAA**, nieto panoli! ¿Crees que éstas son horas de seguir roncando?

—¿¿¿Eeeeh??? ¿Quéquéqué? —dije yo.

La voz siguió gritando:

—*¡HOP, HOP, HOP!* Ea, el sol ya está alto en el cielo, los pterodáctilos en el bosque, el poblado está con sus quehaceres… ¡¡¡y tú sigues aquí, **RONCANDO** bajo las mantas como un mamut resfriado!!! Ea, ¡mira qué barriga tan gordita, qué músculos tan **ESMIRRIADOS**, qué cintura tan de elefante prehistórico! Deberías hacer un poco de deporte, nietooo…

¿¿¿Qué??? Aquello ya era demasiado. ¡Hasta para un ratón tan paciente como yo!

Pero en cuanto abrí los **OJOS**, lo comprendí.

¡¿Quién podía ser si no ella, mi terrible **abuela Torcuata**, tan enérgica que haría palidecer a un T-Rex furioso?!

—Pero ¡abuela…! —dije, tratando de justificarme—. ¡Yo también tengo derecho a un poco de **descanso**!

—¡Qué descanso ni qué descanso, ea! ¡Si no viniera a despertarte de vez en cuando, estarías más **enclenque** que un perezosaurio de vacaciones, nieto! ¡Rápido, sal de la cama y síguenos!

Me rasqué la cocorota.

—¿Cómo que… **síguenos**? ¡Yo no voy a ninguna parte!

Y entonces oí otras voces…

—¡*Buenos días, tío Geronimo!*

—¡Ánimo, hermanito, despierta, que es hora de irnos! ¡¡¡Vamos!!!

Reparé en que junto a la abuela también se encontraban mi **adorado** sobrinito Benjamín y mi hermana Tea.

¡Era imposible decirle que no a toda la familia!

¡Por mil pedruscos despedregados, entonces me sacaron a empujones de la caverna, sin siquiera darme tiempo a DESAYUNAR. Y, además, *¿¿¿adónde íbamos???* ¡Todavía no me había enterado!

¡VAMOS, MUÉVETE!

PERO...

—¡Venga, espabila, Geronimo! ¡Tenemos que ir al puerto! —exclamó mi hermana Tea.

Ya en la calle, nos embistió el **Ventarrón**, un viento cálido e impetuoso que señala el comienzo del verano en Petrópolis.

¡FIIIIIUUUUUUU!

—¿Se puede saber por qué nos dirigimos al puerto? —pregunté, exasperado.

—¡Vamos a ver el nuevo invento de **Umpf Umpf**! —respondió Benjamín.

—¡Sí, su último invento se llama **TABLA ZO-ZOBRANTE**! —añadió mi hermana Tea.

¿Tabla… *Zozobrante*? Hum, el nombre no prometía nada bueno… más bien auguraba algún desastre… ¡¡¡un **MAR** de desastres!!!

¡Aaarrrggg!

En el **puerto** había una muchedumbre de roedores, esperando a Umpf Umpf y su invento.

Las olas que levantaba el Ventarrón, el viento cálido de Petrópolis, rompían contra el muelle creando espectaculares **REMOLINOS** de espuma…

Mi primo Trampita había dispuesto dos graderías en el muelle que había frente a la **TABERNA DEL DIENTE CARIADO**, y así los petropolinenses podrían asistir al espectáculo, mientras se atracaban de apetitosas tapas.

Todavía no nos habíamos sentado, cuando Umpf Umpf apareció delante de las graderías en actitud solemne y empezó a **VOCIFERAR**…

—¡Ilustres conciudadanos petropolinenses! ¡Una vez más, voy a presentaros un nuevo y genialísimo **invento**, que me ha costado días y noches (¡qué estrés!) de *pesadísimos* esfuerzos, *cuidadosísimos* estudios, *exactísimos* cálculos, etcétera, etcétera, etcétera!

Yo le murmuré disimuladamente a mi hermana:

—¡**Umpf Umpf** está *pesadísimo*, como de costumbre!

¡MI NUEVO, GENIALÍSIMO INVENTO!

Por su parte, Umpf Umpf estaba mostrando una **TABLA** de madera que (sin embargo) no parecía tener nada (pero nada) de especial (¡nada!).

—¡Os subís de un **SALTO** —explicó Umpf Umpf— y esta fantástica tabla

Umpf Umpf
el inventor del poblado

os permitirá cabalgar las olas como agilísimos DELFINOSAURIOS!

Entre el público se elevó un rumor de admiración.

¡OOOOOOOOOH!

Tras el cual, Umpf Umpf prosiguió:

—¡Y ahora, necesito un roedor *valerosísimo, agilísimo, deportivísimo*! Si hay algún **voluntario** entre el público, que dé un paso al frente.

¡Entonces, todos dieron un paso atrás, así que pareció que YO había dado un paso al frente!

Umpf Umpf corrió hacia mí, gritando:

—¡Ya tenemos un **voluntario**, bravooo!

—Ejem, ha habido un error —traté de explicarme—, yo no quería presentarme **voluntario**, al contrario…

Pero era demasiado tarde: la abuela Torcuata ya me había **ALZADO** un brazo y lo agitaba delante de todos, mientras gritaba:

—¡Mirad qué deportista es mi nieto, Geronimo Stiltonut! ¡Igualito que su abuela, ea!

Y antes de que pudiera darme cuenta, Umpf Umpf me había **plantado** la tabla en la mano.

—¡Aquí la tienes, ahora te toca a ti!

¡Y a continuación me empujó escollos abajo, y de pronto me encontré en medio del oleaje!

¡CHAFFF!

Sólo entonces me percaté de que Umpf Umpf había olvidado un **DETALLE** importantísimo: ¡no me había explicado cómo funcionaba la tabla!

—¡Socorrooo! —grité, con los bigotes zumbándome del canguelo.

¡Me sentí abandonado, machacado, extinguido!

¡POR MIL HUESECILLOS DESCARNADOS! ¡AÚN ERA DEMASIADO JOVEN PARA EXTINGUIRME!

¡¡¡Y encima, aquella mañana ni siquiera había hecho el **testamento**!!!

Grité desesperado:

—¡SOCORROOOOOOOOOOO!

¡Y justo en ese instante vi que a lo lejos lejoos lejooos, por el horizonte, se aproximaba una ola gigantesca… tan alta como un **T-Rex**!

Me estremecí.

Tenía que ponerme a salvo a toda costa… pero **¿¿¿cómo???**

Inspiré profundamente y me agarré a la tabla con todas mis fuerzas. Entonces, **temblando** como una hoja y con el corazón latiéndome como un tambor, empecé a **nadar** con los brazos, las patas e incluso con la cola… ¡¡¡y al fin logré subirme a la tabla y cabalgar la ola!!!

—¡Así, tío Ger! —me animó Benjamín.

—¡Mantén el ══υilibɾiω, nieto! —añadió la abuela.

—**¡¡¡CUIDADO!!!** —gritó mi hermana Tea.

Y yo también grité:

—*¿Quééé?* ¿Por qué debo tener cuidado?

En aquel momento (pobre de mí) lo entendí rápido, rapidísimo.

Ante mí se alzaba un gigantesco escollo... ¡¡¡y me di de lleno contra él!!!

¡AY, AY, AY, QUÉ DOLOR!

Umpf Umpf me pescó con un garfio atado a una larga CUERDA, me arrastró hasta la orilla y exclamó satisfecho:

—¡Como habéis visto, la Tabla Zozobrante es *segurísima* y, sobre todo, FACILÍSIMA de usar!

—¿Eh, pero que estás diciendo? —grité yo—. La Tabla Zozobrante es *peligrosísima*, yo he estado a punto de dejarme el pellejo y…

Pero en ese preciso instante…

¡PREHISTORRATÓN AL AGUAAA!

Umpf Umpf gritó, mientras señalaba con el dedo hacia delante:

—¡PREHISTORRATÓN AL AGUAAA!

Todos seguimos su mirada y…

¡POR EL TRUENO DEL GRAN BZOT!

¡PREHISTORRATÓN AL AGUAAA!

En medio del mar podía distinguirse un roedor que braceaba desesperado, tratando de mantenerse a flote entre las olas.

No había tiempo que perder.

24

¡Teníamos que salvarlo!
La abuela Torcuata **SALIÓ DISPA-RADA** como una flecha.
—¡Seguidme! —gritó, mientras se **PRECI-PITABA** hacia la primera barca que logró

¡PREHISTORRATÓN AL AGUA!

¡¡¡SOCORROOOOOOOOOOOOOOOOOOO!!!

alcanzar—: Yo remaré… ¡Tea, tú ponte a proa! ¡Geronimo y Benjamín, vosotros a popa, haréis de **contrapeso**!

La abuela se puso a remar, y en un zumbido de bigotes nos hallamos en pleno mar *TEMPES-TUOSO*, sobre aquella barquita pequeña pequeña pequeña…

Entretanto, los petropolinenses nos miraban desde las gradas y contenían la respiración a causa del miedo.

Pese a la inmensa fuerza del **MAR**, la abuela Torcuata remaba con tal energía que en un *PERIQUETE* llegamos hasta el roedor.

Mi hermana Tea se asomó fuera de la barca y le tendió una pata.

—¡Ánimo, cógeme la mano!

El náufrago logró subir a bordo, finalmente a salvo de las olas. ¡Misión cumplida!

Cuando llegamos a tierra firme, sanos y salvos, nuestros conciudadanos nos recibieron con un fuerte aplauso:

—¡VIVAN LOS STILTONUT!

Entonces me llegó una voz cautivadora:

—¡¡¡Has estado fenomenal, Geronimo!!!

¡¡¡Por mil pedruscos despedregados, *aquélla* era la voz de la guapísima *Vandelia*, la hija del chamán Fanfarrio Magodebarrio, la roedora más fascinante, misteriosa e irresistible del mundo **PREHISTORRATÓNICO**!!!

¡Yo (¡obviamente!) estoy completamente *loquito* por ella, como una cabra prehistórica!

—Ejem, gracias, estooo… —farfullé—, verdaderamente… en cierto sentido… resumiendo, ¿de verdad crees que he estado «fenomenal»?

Ella me lanzó un beso mientras se alejaba, y sentí tal emoción que… ¡me **desmayé**!

¡Mi nombre es Pirat-Ruk!

En cuanto recobré la conciencia, masculle:

—No os preocupéis… estoy vivo… todo va bien, o casi…

Entonces reparé en que nadie se preocupaba por mí: todos rodeaban al **NÁUFRAGO**, es decir, al roedor que habíamos salvado del mar tempestuoso. Lo habían envuelto con un manto de **piel** y estaba tendido en el muelle.

Me **ACERQUÉ** a él y lo observé atentamente. Era un tipo con el pelaje de color miel, los ojos rasgados y una **coleta** de un pelo oscuro como el ala de un cuervosaurio.

Pero lo más RARO era su ropa (¡auténtica ropa de pirata prehistórico!) y la llave que llevaba al cuello… ¡una misteriosa **LLAVE DE PIEDRA**!

El roedor suspiró profundamente y después dijo con voz triste:

—¡Me llamo **PIRAT-RUK** y vengo de muy lejos, lejos, lejos, de lejísimos, del **Atolón de las Islas Piratrucias**, más allá del horizonte, en dirección al sol naciente!

Dicho todo esto, Pirat-Ruk empezó a contarnos su historia:

—¡Qué **feliz** era en mi isla…! ¡Y cuánto me quería mi abuelo Barba-Ruk, el **PIRATA** más

Pirat-Ruk

Nombre: Pirat-Ruk

Procedencia: Atolón de las Islas Piratrucias, fundadas por la dinastía de las Prehistorratas Piratas

Linaje: nieto del famoso pirata Barba-Ruk

Profesión: Prehistorratón Pirata, es decir, Pirata Prehistórico

Especialidad: explorador

Rasgos particulares: coleta de pelo negro como el ala de un cuervosaurio

Una curiosidad: jamás se separa de una misteriosa llave de piedra que lleva colgada al cuello, se la confió su abuelo pirata

Su secreto: esa llave guarda un misterioso tesoro...

famoso de las Islas
Piratrucias!
¡Y cuántos
amigos fieles
tenía en la
isla! Pero un
día, mi felici-
dad llegó a su fin… me nombraron
EXPLORADOR.
Mi misión consistía en explorar los mares,
de modo que partí con mi
BARCO rumbo al sur de
la isla, allí donde el mar es
más profundo, más azul…
y está infestado de
FAMÉLICOS
muerdosaurios
y de enormes
abismosaurios.

¡Durante la travesía, un enorme **ABISMO-SAURIO** chocó con mi barco, las CUERDAS que sujetaban los troncos se desataron y acabé en el agua! Me agarré fuertemente a un tronco y estuve días y días a merced del OLEAJE, hasta que vosotros me encontrasteis...

Pirat-Ruk se enjugó una LÁGRIMA.

—Ahora ya sabéis cómo **HE LLEGADO** hasta aquí.

No tengo nada ni a nadie, sólo esta **LLAVE DE PIEDRA**...

Sin salir de mi asombro, le dije:

—Hum, disculpa, ¿para qué sirve la llave?

Él suspiró y dijo:

—Ésta es la llave del *tesoro perdido de las Prehistorratas Piratas*... Me la dio mi abuelo Barba-Ruk cuando partí... Es una llave legendaria, que ha ido pasando de generación en generación en la **dinastía** de las Prehistorratas Piratas... He soñado un sinfín de veces que partía con mi abuelo en busca del misterioso Tesoro Perdido...

El misterio del Tesoro Perdido

No dábamos crédito a lo que estábamos escuchando: ¿Un tesoro perdido? ¿Dónde se hallaba? ¿Lo habría encontrado alguien?

Y justo en ese momento, el chamán **FANFARRIO MAGODEBARRIO**, que hasta entonces había guardado silencio, golpeó el suelo con su bastón y gritó con voz solemne:

—*¡ESCUCHADME!*

En cuanto se hizo el silencio, anunció:

—¡El tesoro del que habla Pirat-Ruk existe en realidad, y está precisamente aquí, en nuestra isla!

—¿Y tú cómo puedes estar tan seguro, VIEJA PANTUFLA? —le espetó la abuela Torcuata, que nunca se creía nada ni a nadie.

Fanfarrio gritó:

—¡Porque, modestia aparte, como chamán del poblado… soy un experto en misterios, VIEJA CACATÚA!

La abuela Torcuata le plantó la cachiporra bajo el HOCICO y exclamó:

—¡*Por mil cachiporras zumbantes*, cuidado con lo que dices, o te DESINTEGRO!

—¡Un poco de calma, por favor! —intervine yo—.
Escuchemos qué tiene que decir Fanfarrio, ¡en
esta isla todo el mundo tiene **derecho** a expresar su opinión!

Fanfarrio me dirigió una mirada de aprobación y
dijo:

—¡Gracias, Stiltonut!

Tras lo cual, apoyó una  **PATA** en el
hombro del náufrago y siguió hablando.

—Pirat-Ruk, si es cierto que perteneces a la dinastía de las **Prehistorratas Piratas**, la
llave que cuelga de tu cuello, sin
duda, conduce a un tesoro
perdido… ¡y yo sé cómo
encontrarlo!

Emocionado, Pirat-Ruk
GRITÓ:

—¡Si tienes información,
habla, oh, sabio chamán!

¡HABLA!

Fanfarrio sonrió muy satisfecho (le gustaba ser el **centro de atención**, ¡ya lo creo que le gustaba!), y siguió diciendo:

—¡Escuchad, ciudadanos de Petrópolis! ¡Por si lo habíais olvidado, os recuerdo que soy el único que conoce los **SECRETOS** de la Caverna de la Memoria!

Todos murmuraron:

—Oh, sí, el chamán conoce los secretos de la **Caverna de la Memoria** (¡o debería conocerlos!). Fanfarrio bajó la voz y dijo:

—¡En la Caverna de la Memoria hay muchos *grafitos*, y uno de ellos explica

ESCUCHADME...

39

precisamente la historia del Tesoro Perdido de las Prehistorratas Piratas!

Los petropolinenses exclamaron a coro:

—¡Viva el Tesoro Perdido!

Y al momento todos empezaron a preguntarse en qué consistiría aquel **MISTERIOSO** tesoro.

Entonces, la abuela Torcuata fue la primera en alzar la voz:

—¿Qué debe de ser ese tesoro? ¿Tal vez una colección de **CACHIPORRAS DE ASALTO**?

—O un huevo de una especie desaparecida de **TROTOSAURIOS DE CARRERAS** —sugirió Tea.

—O un increíble secreto que permitiría derrotar a los ferocísimos tigres de dientes de sable —añadió Fanfarrio.

—¡No perdamos tiempo, rápido —gritó Trampita—, vayamos a buscarlo! ¡Sea lo que sea, ahora **ES NUESTRO**!

—Nieto, ¿no te da vergüenza? —lo regañó la abuela—. ¡Así no es como yo te he educado! *No es* nuestro tesoro. ¡¡¡*Es* el tesoro de las Prehistorratas Piratas y no consentiré, bajo ningún concepto, que se lo **ROBES**!!!

¡¡¡Y después le asestó un cachiporrazo en plena cabezota!!!

Trampita se frotó el doloroso **CHICHÓN** y luego dijo:

—Lo siento, abuela, pero ya sabes cuánto me gustan los **tesoros**…

Pero la abuela le replicó:

—Como **castigo**, no formarás parte de la expedición que partirá en busca del tesoro a la Caverna de la Memoria. Sólo iremos Tea, Benjamín, yo, el **BOBALICÓN** de tu primo Geronimo… y, naturalmente, el chamán Fanfarrio y nuestro amigo Pirat-Ruk…

A mí me **zumbaban** los bigotes de la emoción. ¡Con un náufrago llegado del mar y un tesoro por descubrir, teníamos todos los ingredientes para…

… UNA AVENTURA SUPERRATÓNICA!

El asedio de los tigres

Lástima que nadie se acordase de un pequeño, pequeñísimo, minúsculo detalle…

—**¡POR EL TRUENO DEL GRAN BZOT!** —exclamó Fanfarrio, dándose una palmada en la frente—. ¡Olvidaba que estos días nuestro poblado está sufriendo el asedio de los **TIGRES DE DIENTES DE SABLE**! *¡Por mil tibias de tricerratón!*

El chamán estaba en lo cierto.

Como todos los años, al comienzo del verano, los terroríficos, ferocísimos, apestosísimos tigres de dientes de sable, guiados por **TIGER KHAN**, habían venido a asediar nuestro poblado… con la idea de darse un **ATRACÓN** de roedores.

¡Se pasaban todo el día apostados alrededor de la **EMPALIZADA** de Petrópolis, a la espera de poder atrapar a algún pobrecillo roedor para zampárselo asado, con una sensacional guarnición de **patatas prehistóricas**!

ÑAM...

¡GRRR!

¡GRRR!

La situación era **CRÍTICA**: el camino que conducía a la Caverna de la Memoria estaba lleno de tigres. ¿¡¿Qué podíamos hacer?!?

—¡Déjate de historias, chamán charlatán! —le espetó la abuela—. Conozco un **ATAJO** que conduce directamente a la Caverna de la Memoria: ¡no hay más que atravesar el Bosque Ué-Ué!

¡¡¡Oh, no!!! ¡Sin duda el **Bosque Ué-Ué** era un atajo, pero también era el reino de los **babuinos almizcleros**, aliados de los tigres de dientes de sable!

¡¡¡POR MIL PEDRUSCOS DESPEDREGADOS, QUÉ CANGUELO FELINO!!!

Pero no teníamos elección: debíamos partir.

Con sigilo ratonil, dejamos la ciudad y nos adentramos silenciosamente en el Bosque Ué-Ué, con la esperanza de que los babuinos no nos descubriesen. **AVANZAMOS** sin contratiempos y ya creíamos haber dejado atrás el peligro… ¡cuando pisé una caquita de pterodáctilo alubiatus! Primero se me tiñó de azul la planta de la pata… y a continuación el hedor me hizo estornudar:

—**¡¡¡ACHÍÍÍSSS!!!**

En ese instante, comprendí que tal vez *(¡pobre de mí!)* me había excedido con el ruido…

—*Ejem*, ¿¿¿habré despertado a los babuinos???

Antes de que pudiera terminar la frase, se desató una tormenta de… **¡COCOS!**

¡CAQUITA AZUL DE PTERODÁCTILO!

La caquita azul de pterodáctilo alubiatus es la caca más apestosa de la Edad de Piedra. Al parecer, se debe a la dieta de estos pterodáctilos, que se alimentan de alubias azules prehistóricas… Atención: ¡si os toca una de estas cacas, vuestro pelaje se volverá azul y os costará mucho trabajo limpiarlo!

—¡Todos a cubierto! —gritó con determinación la abuela Torcuata—. ¡¡¡Los **babuinos** nos atacan!!!

En lo alto de las palmeras, colgando de lianas, agarrados a los troncos, apostados tras los matorrales… ¡había un sinfín de babuinos **arrojándonos** cocos!

¡El que parecía el jefe de los babuinos almizcleros escogió mi cocorota como diana y me lanzó tal cantidad de cocos que me salió un **CHICHÓN** de proporciones megalíticas!

¡QUÉ DOLOR TAN PALEOZOICO!

Tratamos de cubrirnos como pudimos, pero era inútil… aquella tempestad de cocos no nos permitía **movernos**…

La situación era terriblemente desesperada, no había escapatoria alguna…
¡Íbamos camino de la
EXTINCIÓN!

¡PLONG!

¡¡¡AL CONTRAATAQUE!!!

Teníamos que hallar una vía de escape. Y debíamos hacerlo de prisa…

—¡ADIÓS, AMIGOS, ADIÓS, TESORO!

—dijo el pobre Pirat-Ruk, entre gemidos.

Pero mientras aquellos irritantes babuinos seguían **arrojándonos** aquellos durísimos cocos a la cabeza, ¡la abuela Torcuata tuvo una idea!

—Bisbisbisbis… —musitó al oído de mi hermana Tea.

Tea le respondió, sonriente:
—¡Muy bien, abuela, qué buena idea!
Las dos roedoras intercambiaron una mirada de complicidad y cogieron sus **CACHIPORRAS**...
¡Luego empezaron a **DEVOLVER-LES** los cocos a los babuinos, lanzándolos con

BISSS... BISSS...

¡BUENA IDEA!

sus garrotes! Ambas roedoras los golpeaban con todas sus fuerzas, y ahora los **COCOS** hacían brotar enormes chichones en la cocorota de los babuinos... ¡Era la revancha: prehistorratones al contraataque!

¡TOC! ¡PAM! ¡POM! ¡PUM!

¡Los cocos volaban exasperantes como terribles mosquitos!

FIUUUUUUUUUU

Envalentonados con el ejemplo de Tea y de la abuela Torcuata, nosotros también agarramos nuestras **cachiporras** y comenzamos a devolver **golpe por golpe**.

Los babuinos empezaron a caer como **BOLOS**, amedrentados por el empuje y la gran habilidad que mostrábamos *casi* TODOS...

He de reconocerlo, yo no es que

¡CHÚPATE ÉSTE!

TOC

tuviera mucha **PUNTERÍA**... digamos que hacía lo que podía, pero nunca he sido *un ratón* muy deportista, y más de una vez me golpeé la **cola** con la cachiporra.

¡¡¡Ay, ay, ay... qué dolor!!!

Por suerte, mis compañeros y compañeras eran mucho más **buenos** que yo y, por fin, gracias al trabajo en equipo, logramos ahuyentar a los babuinos almizcleros.

¡HABÍAMOS GANADO LA BATALLA!

¿¡¿LA CONTRASEÑA?!?

Algo magullados, pero con el pellejo a salvo, salimos del bosque y llegamos a la **Caverna de la Memoria**.

En la entrada nos encontramos al guardián de la caverna y a Fuffi, su gigantesco y hambriento **OSO DE LAS CAVERNAS**.

El chamán Fanfarrio avanzó resuelto.

—¡Necesitamos **ENTRAR** en la caverna! ¡Déjanos pasar!

—Ni en sueños —respondió el guardián—. ¿Acaso me habéis tomado por un memo jurásico? Ya sabéis las reglas: ¡para entrar en la caverna tenéis que decir la **contraseña**!

Yo sonreí **RADIANTE**.

—¡Eh, amigos, estamos de suerte: conozco la contraseña, porque ya estuve aquí una vez!*

El guardián enarcó una **CEJA**.

—Ah, ¿de modo que sabes la contraseña, extranjero? Muy bien, ahora veremos si es la

¡¿UH?!

¡¿EH?!

GRRRRRR

¡CONTRASEÑA!

*Gerónimo estuvo en la Caverna de la Memoria en el segundo libro de Los Prehistorratones, titulado ¡Vigilad las colas, caen meteoritos!

correcta... porque si te equivocas, mi Fuffi devorará hasta el último de tus huesecillos.

Fuffi me gruñó y se relamió los bigotes.

—¡¡¡GRRRRRRR!!!

Me estremecí.

¡¡¡QUÉ OJOS, QUÉ ZARPAS, QUÉ FAUCES!!!

Por mil huesecillos descarnados, ¿por qué, de entre todos los **dinosaurios domésticos** de Petrópolis, el guardián tuvo precisamente que escoger un oso tan hambriento?

—¿Y bien, Geronimo? —me apremió la **abuela Torcuata**.

—¡La contraseña, tiíto! —dijo Benjamín.

—Ejem... sí —**farfullé**—. Sí, sí, sí. Un momentito, la tengo en la punta de la lengua, eh... sólo un segundito más, digamos que dentro de un poquito, ya casi está... inmediatam...

—¡Geronimo Stiltonut —me espetó Fanfarrio impaciente—, suelta ya la contraseña!

Todos tenían los **OJOS** puestos en mí. Y yo… yo estaba más colorado que un pimiento paleozoico.

¡POR MIL PEDRUSCOS DESPEDREGADOS, HABÍA OLVIDADO LA CONTRASEÑA!

—Hum, a ver un momento… *¿Ábrete, sésamo?*, o era, ejem… *¿Abracadabra?*, o tal vez… *¿Espejito, espejito?*

El oso Fuffi no me quitaba **OJO**, y eso me ponía muy, pero que muy nervioso. Al final grité, fuera de mí:

—¡Basta, me rindo! ¡No recuerdo **NADA** en absoluto!

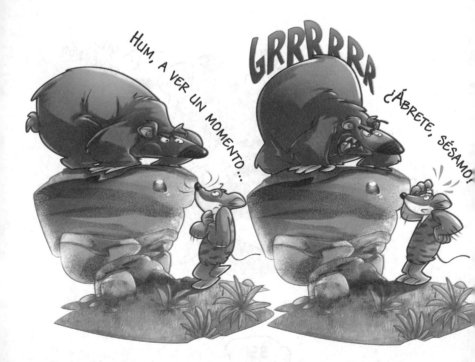

Pero en ese momento me acordé: en efecto, la contraseña me había vuelto a la mente… ¡y era **«NADA»**, precisamente!

Orgulloso, le grité al guardián:

—¡La contraseña es **«NADA»**!

El guardián negó con la cabeza, con una sonrisa.

—¡No es ésa! La que me has dado es la contraseña **VIEJA**.

—Pero ¿¡¿qué estás diciendo?!? —protesté.

—Estoy diciendo que, por motivos de seguridad, todos los días se cambia la contraseña.

Me puse pálido: ¡aquello sí era un contratiempo! Fuffi volvió a gruñir, y yo ya me veía hecho papilla entre aquellas fauces FAMÉLICAS...

Resignado, me preparé para la extinción y me despedí de mis amigos sollozando:

—¡Adiós!

Pero en cuanto hube pronunciado *esa* palabra, el guardián sonrió satisfecho.

—¡Al final lo has logrado, extranjero! ¡En efecto, la contraseña de hoy es «*Adiós*»!

¡POR MIL FÓSILES FOSILIZADOS, NO ME LO PODÍA CREER! ¡¡¡QUÉ SUERTE TAN MEGALÍTICA!!!

—*¡BRAVO, NIETO!* —exclamó la abuela Torcuata, al tiempo que me asestaba un cachiporrazo en el hombro que me hizo perder el EQUILI-brio—. ¡Ea, nieto, de vez en cuando (pero ¡sólo de vez en cuando!) hasta tú la aciertas!

Benjamín y Pirat-Ruk me **abrazaron**.

A continuación, entramos en la Caverna de la Memoria, en busca del tesoro perdido de las Prehistorratas Piratas del que nos había hablado el chamán…

La Caverna de la Memoria

Nos aventuramos en la Caverna de la Memoria guiados por el chamán Fanfarrio que, gracias al antiguo Mapa de los Chamanes, conocía bien aquel lugar lleno de secretos.

La abuela y Tea prendieron las ANTORCHAS.

Una vez pasamos la Sala de los Dibujos, que mostraba la historia ilustrada de Petrópolis desde su fundación hasta la actualidad, desembocamos en una *extraña* GRUTA iluminada por una *extraña* claridad. Sentí una *extraña* sensación. Era como si miles de OJILLOS me estuvieran espiando. Pero cuando miré hacia arriba (pobre de mí), me di cuenta de que *no* era una sensación…

Era la gruta de los **MUR-CIÉLAGOS FULGU-RANTES**: ¡miles de murciélagos nos miraban fijamente, suspendidos cabeza abajo, dispuestos a saltarnos encima! En cuanto los vio Fanfarrio, sacó un saquito de cuero del interior de su pelliza, cogió una pizca de polvos plateados y la lanzó al aire, mientras susurraba:

♪ ¡Polvo de estrellas, para que durmáis cual doncellas! ¡Duerme, murciélago fulgurante, así nosotros podremos seguir adelante! ♪

MURCIÉLAGOS FULGURANTES

¡Los ojos de estos murciélagos brillan tanto, que iluminan su gruta como si fuera de día! Padecen insomnio y siempre tienen los ojos muy abiertos, ¡por eso nadie puede pasar! Pero hay un secreto: basta con arrojar al aire una pizca de polvo de estrellas y se quedan dormidos...

MAPA DE LA CAVERNA DE LA MEMORIA

1. **Entrada**
2. **Caseta de Fuffi**
3. **Sala de los Dibujos**
4. **Gruta de los murciélagos fulgurantes**
5. **Galería de las arañas colmilludas**
6. **Sima de los escorpiones licántropos**
7. **Laberinto de las galerías**
8. **Tesoro de las Prehistorratas Piratas**
9. **Pozo secreto al centro de la Tierra**
10. **Cementerio de los extinguidos caídos en trampas**
11. **Alojamiento del guardián**
12. **Piscina con pirañas feroces**

SALA DE LOS DIBUJOS

? Lugares misteriosos de la caverna

La Caverna de la Memoria es el lugar más misterioso de Petrópolis. Posee infinidad de corredores, grutas, simas, pasadizos secretos, y si no se cuenta con un buen guía, resulta fácil perderse... El único que la conoce bien es el chamán Fanfarrio Magodebarrio, que heredó de sus antepasados el mapa de la caverna. NOTA: la caverna es un lugar inmenso, plagado de misterios, y aún quedan muchos rincones secretos por descubrir...

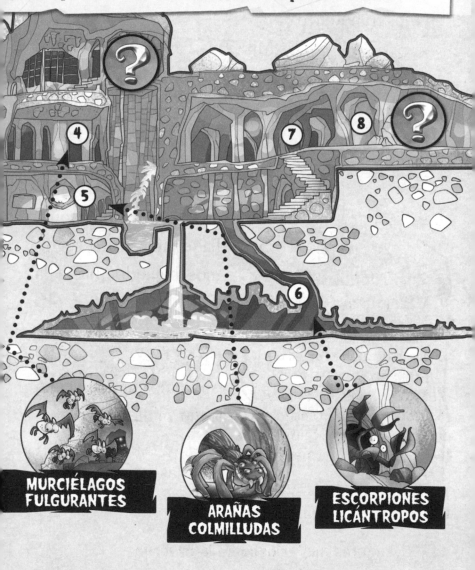

MURCIÉLAGOS FULGURANTES

ARAÑAS COLMILLUDAS

ESCORPIONES LICÁNTROPOS

Los murciélagos se **durmieron** de golpe y todos lanzamos un suspiro de alivio. Fanfarrio nos tranquilizó.

—¡Mis **ANTEPASADOS**, además de este mapa, también me transmitieron infinidad de trucos para poder atravesar la caverna sin dejarnos el **pellejo**! Una vez superada aquella terrible gruta, seguimos bajando ¡hasta la **GALERÍA DE LAS ARAÑAS COLMILLUDAS**!

Allí oímos un inquietante murmullo… Me estremecí al reparar en que eran las patas de miles

ARAÑA COLMILLUDA

A las arañas colmilludas les chifla el rarísimo polen de Rosa de los Pantanos. Por eso, quien se adentre en la Caverna de la Memoria, siempre debe llevar una buena provisión consigo... ¡si no quiere probar sus colmillos!

de arañas colmilludas correteando a toda velocidad… *¡Por mil pedruscos despedregados,* se **PRECIPITABAN** hacia nosotros! Las arañas ya estaban a punto de mordernos con sus colmillos (por eso se llaman arañas colmilludas… ¡tienen unos colmillos *HORRIBLES*!), pero entonces Fanfarrio cantó con voz potente:

♪♪ ¡Pueblo de las arañas colmilludas, ♪♪
os hemos visto, peludas!
♪ Si no nos mordéis, saborearéis ♪
algo muy rico, hasta que os hartéis…
¡Polen delicioso, para
♪ vosotras el regalo más precioso! 𝄞

Y en un santiamén desató de su bastón una caracola de piedra que contenía granos de **POLEN ROSA**, delicadamente perfumado, y los esparció. Todas las arañas se abalanzaron con glotonería sobre el polen rosa, mientras nosotros pasábamos, suspirando aliviados. ¡Ufff, esta vez también lo habíamos logrado!

Siguiendo su **MAPA**, Fanfarrio nos llevó a lo largo de un corredor estrecho y oscuro. De pronto, se abrió un precipicio bajo nuestras patas… ¡era la **SIMA DE LOS ESCORPIONES LICÁNTROPOS**!

Esperábamos pasar inadvertidos, pero por desgracia la vibración que producían nuestros pasos los atrajeron. ¡En un instante, una marea de escorpiones licántropos surgió de la sima!

¡BRRR… QUÉ CANGUELO!

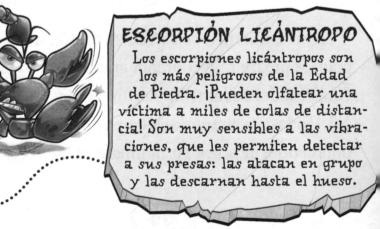

ESCORPIÓN LICÁNTROPO

Los escorpiones licántropos son los más peligrosos de la Edad de Piedra. ¡Pueden olfatear una víctima a miles de colas de distancia! Son muy sensibles a las vibraciones, que les permiten detectar a sus presas: las atacan en grupo y las descarnan hasta el hueso.

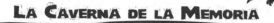
¡¡¡Al momento nos vimos cubiertos de escorpiones, desde la cola hasta la punta de los bigotes!!!
Yo mascullé **ATERRORIZADO**:

—F-Fanfarrio, ¿¿¿q-qué hacemos ahora???
Él sonrió, se atusó los bigotes y dijo:

—¡Los chamanes de séptima generación como yo conocemos *todos* los TRUCOS, Stiltonut!
Luego, sacó un sonajero mágico de su bastón y lo agitó en el aire siete veces, mientras cantaba:

¡Pueblo de los escorpiones licántropos, aguzad, aguzad, aguzad, vuestro oído!
¡Y volved por donde habéis venido, venido, venido, venido, venido, venido!
¡Este sonajero mágico os ahuyentará... y en fuga os pondrá sin la menor piedad, piedad, piedad, piedad, piedad, piedad, piedad!

Las vibraciones producidas por el sonajero del chamán les resultaban tan molestas a los escorpiones que regresaron de inmediato a su sima. Todos lanzamos un suspiro de alivio. ¡**Ufff**, esta vez tampoco habían logrado extinguirnos!

Mientras retomábamos el camino, todos los presentes **felicitamos** a Fanfarrio.

—¡Gracias, chamán Fanfarrio, nos has salvado el **pellejo**! —exclamó Benjamín.

—¡Me has dejado realmente asombrada, querido Fanfarrio! —murmuró Tea, admirada.

Pirat-Ruk no dijo nada, pero tenía los ojos brillantes de lágrimas de **emoción**.

Al fin, la abuela masculló:

—¡Fanfarrio, te tenía por un **fanfarrón**, pero he de reconocer que eres bueno, ea!

—¡Muy bien, chamán Fanfarrio! —lo felicité yo también, emocionado.

Y entonces llegamos al **LABERINTO DE LAS GALERÍAS**: en las paredes había infinidad de flechas que indicaban distintas direcciones.

Yo le dije al chamán:

—Tú que eres nuestro guía… *¿hacia adónde debemos ir?*

¡EJEM...!

ESTO...

YO...

¡HE PERDIDO EL MAPA!

El chamán Fanfarrio revolvió sus **alforjas**, se vació los bolsillos, le dio la vuelta a la pelliza, incluso rebuscó en su **ROPA INTERIOR**... ¡y hasta se hurgó en la barba! Luego se puso **MUY Y MUY PÁLIDO**, y balbuceó:

—Ejem, compañeros, he de deciros una cosita... Creo... ejem, que he perdido, ejem, el mapa de la Caverna de la Memoria... En fin, ejem, ¿cómo podría deciroslo?... **¡NOS HEMOS PERDIDO!**

—¡Subraza de chamán Fanfarrio —gritó la abuela—,

subespecie de guía, subproducto de **EXPERTO EN SECRETOS**, ya te daré yo a ti Caverna de la Memoria… ¿¿¿Tenías que perder justamente ahora el mapa??? ¡¡¡Ea, un **Cachiporrazo** en la cocorota no te lo va a quitar nadie!!!

Y empezó a atizarle en el cráneo, mientras gritaba:

¡¡¡EA, EA, EA!!!

LA LLAVE MISTERIOSA

Nos sentamos en el suelo, sin saber adónde ir ni qué hacer.

Pirat-Ruk dijo entre SOLLOZOS:

—¡Ay, el tesoro de mis antepasados, el Tesoro Perdido de las Prehistorratas Piratas, permanecerá perdido para siempre, porque **NADIE** lo encontrará jamás…

En ese instante, Benjamín me tiró de la pelliza.

—*¡Tío Ger!* Tengo que decirte una cosa…

—¡Dímela después, Benjamín —respondí yo—, ahora no es momento de **charlas**!

Sin embargo, él insistió:

—Disculpa, tío Geronimo, pero, francamente, es muy importante…

—Benjamín —contesté—, trata de entenderlo, ahora tengo que ocuparme de cosas más importantes: nos hemos perdido, **¿NO LO VES?**

Pero mi sobrinito negó con la cabeza y replicó:

—¡No, tío! Eres tú quien no lo entiende… Hay una marca en la pared: ¡¡¡no estamos perdidos!!! *¡Estamos precisamente en el sitio justo!*

¡NO NOS HEMOS PERDIDO!

Entonces advertí que Benjamín señalaba una pequeña **fisura** en la roca, poco visible al quedar en penumbra. Era una grieta en forma de **cerradura**, ¡en realidad parecía hecha aposta para que encajara una llave!

Atraídos por el descubrimiento, todos nos quedamos mirando fijamente la fisura en la pared de piedra.

Todo menos el **chamán**.

—No veo nada de particular —masculló, con aires de superioridad—. Estas paredes de piedra tienen miles de años… ¡Es normal que haya **grietas** y **hendiduras**!

—Un momento —dijo Tea—, Benjamín tiene razón: ¡hay algo **EXTRAÑO** en esa hendidura! ¡Me apuesto cien conchezuelas a que la **LLAVE DE PIEDRA** que Pirat-Ruk lleva colgada al cuello encaja en la ranura!

QUÉ RARO…

SÍ…

Pirat-Ruk se acercó a la pared de piedra para observarla mejor.

—El único modo de descubrir si el tesoro está oculto justo aquí… ¡es tratar de **INTRODUCIR** la llave en la hendidura! —observó sagazmente nuestro **AMIGO**.

¡¡¡*Por mil huesecillos descarnados*, la llave no sólo *entraba* perfectamente en la **grieta**, sino que también *giraba* con gran facilidad!!! Un giro, después otro, otro más y… La pared de roca empezó a **temblar**, luego una losa de roca se desplazó y dejó al descubierto una hornacina con un **PEDESTAL** de piedra en el que podía leerse:

¡BRÚJULA DE CRISTAL!
TESORO DE LAS
PREHISTORRATAS PIRATAS

Encima del pedestal reposaba un objeto **MISTERIOSO**.

Detrás del pedestal, en la pared de roca, había numerosos grafitos y una explicación…

He aquí el tesoro perdido,
que tantos legendarios habían creído...
¡Sin embargo, existe de verdad,
es para ti, en premio a tu coraje!
¡Ahora, siempre que emprendas un viaje
a casa podrás regresar!
Vale más que el oro
de las Prehistorratas Piratas,
es su auténtico tesoro:
¡se llama Brújula de Cristal,
y es un invento trascendental!

¡BRÚJULA
DE CRISTAL!
TESORO DE LAS
PREHISTORRATAS
PIRATAS

Pirat-Ruk gritó **entusiasmado**:

—¡Lo he encontrado! Quiero decir, *lo hemos* encontrado… ¡¡¡He aquí el Tesoro Perdido de las Prehistorratas Piratas!!! —Se **rascó** la cabeza y añadió—: Pero ¿¿¿para qué sirve una *brújula*??? Tea le señaló los *grafitos* grabados en la pared.

—¡Mira, está todo explicado ahí, no creo que resulte difícil aprender a utilizar esta *brújula*!

BRÚJULA

Este instrumento sirve para hallar siempre el camino a casa… ¡porque su aguja magnética siempre señala el punto llamado norte, que corresponde a las Tierras del Frío Polar! Una vez se sabe dónde está el norte, resulta fácil encontrar los otros puntos cardinales, es decir, el este (Tierras del Sol Naciente, donde viven las Prehistorratas Piratas), el sur (Tierras del Fuego Prehistórico), el oeste (Tierras del Sol Poniente).

FRÍO POLAR   SOL NACIENTE   FUEGO PREHISTÓRICO   SOL PONIENTE

Pirat-Ruk estaba **EMOCIONADO**.

—Amigos, ¿os habéis dado cuenta? Gracias a este tesoro lograré *REGRESAR* a casa… ¡¡¡A casa, con mi abuelo Barba-Ruk, mis amigos, mi pueblo!!!

¿QUÉ PUEDE HABER MÁS VALIOSO QUE NUESTRA CASA, EL LUGAR DONDE NOS SENTIMOS AMADOS?

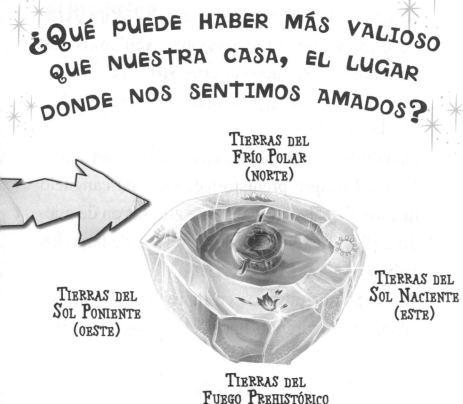

TIERRAS DEL
FRÍO POLAR
(NORTE)

TIERRAS DEL
SOL NACIENTE
(ESTE)

TIERRAS DEL
SOL PONIENTE
(OESTE)

TIERRAS DEL
FUEGO PREHISTÓRICO
(SUR)

¡¡¡Secuestro!!!

Ahora que habíamos encontrado el Tesoro Perdido de las Prehistorratas Piratas, sólo nos restaba salir de la caverna y regresar a **Petrópolis**.
Pero ¡para volver a Petrópolis... teníamos que enfrentarnos de nuevo al *Bosque Ué-Ué*!
Eso quería decir: ¡¡¡babuinos almizcleros y lluvia de cocos!!!
Nada más pensar que debía afrontar nuevamente aquel peligro prehistórico, sentí tal canguelo que los *bigotesbigotes* me zumbaron de miedo... ¡Pero de todos modos, prefería de largo los babuinos a los **TIGRES**!
Así pues, nos pusimos en marcha, en completo silencio, procurando hacer el menor **ruido**,

¡qué digo ruido, **rumor**... qué digo rumor, **CRUJIDO**!

Sin embargo, esta vez el bosque estaba inmóvil y silencioso.

QUÉ RARO...

Ningún movimiento sospechoso, ninguna sombra entre las lianas, ningún coco volando sobre nuestras cabezas, resumiendo, nada de nada: ¡todo tranquilísimo!

MUY MUUY MUUUY RARO...

Los babuinos parecían haberse volatilizado.

RARÍSIMO...

Antes de que pudiéramos darnos cuenta de que aquel silencio era realmente *demasiado* extraño, una mole peluda se nos echó encima desde arriba.

¡GROARRRRRRRRRRRRRRRRRRRRRRRR!

¡¡¡ERA UN TIGRE DE DIENTES DE SABLEEE!!!

El felino que se había lanzado desde una palmera altísima, aterrizó justo delante nuestro en actitud **AMENAZANTE**.

—*¡Por mil mamuts!* —gritó la abuela Torcuata—. ¡¡Los babuinos deben de haber pedido ayuda a sus aliados, los tigres de dientes de sable!! ¡¡¡Preparémonos para contraatacar!!!

El **TERRORÍFICO** felino pasó como un rayo por encima de nosotros y atrapó al vuelo al más rellenito del grupo… ¡que era Pirat-Ruk!

Con un impresionante salto, el tigre se lo llevó junto con su tesoro.

POR MIL TIBIAS DE TRICERRATÓN, ¿¿¿Y AHORA… QUÉ???

¡FUFFI, AYÚDANOS!

No teníamos la menor idea de cómo salvar a Pirat-Ruk. Pero consciente de que no podíamos perder tiempo, la abuela Torcuata nos apremió:

—¿Qué estamos haciendo aquí plantados como **BACALAOS JURÁSICOS**? Pirat-Ruk ha sido secuestrado por un tigre de dientes de sable, ¿no es así? Pues entonces nosotros… ¡iremos al campamento de la Horda Felina, allí abajo, en el pantano de MOSKONIA!

Brrr… Sólo de pensarlo sentí tal canguelo, que se me erizó el pelaje. ¡Por si no lo sabíais, el pantano de Moskonia es el lugar más **PELIGROSO**, **ESPANTOSO** y **REPUGNANTE** de toda la Edad de Piedra!

—¡Vamos! ¡¿A qué estamos esperando?! ¡Todos al pantano de MOSKONIA!

—Y… ¿cómo lo haremos para liberar a Pirat-Ruk? —pregunté—. ¡Está claro que no podemos atacar a los TIGRES en su propia casa!

—¡Stiltonut tiene muchísima razón! —ratificó Fanfarrio—. ¡Nos MORDERÁN, nos harán pedacitos, nos triturarán y nos meterán en la sopa del domingo!

—Pero ¡Pirat-Ruk nos necesita —dijo Benjamín—, no podemos abandonarlo sin más!

—¡Bien dicho! —lo secundó Tea.

La abuela Torcuata nos observaba en SILEN-CIO: cuando hace eso, es que está pensado… y es mejor no molestarla, ¡de lo contrario puedes llevarte un **cachiporrazo** en el cráneo!

Luego, de repente, nos reunió a su alrededor y dijo:

—**¡ESCUCHADME!** He tenido una idea: para liberar a Pirat-Ruk debemos regresar a la Caverna de la Memoria… y pedirle ayuda a la única criatura que es tan fuerte como un tigre de dientes de sable, incluso más fuerte… **¡FUFFI!**

—¡Eso es! —asintió Benjamín—. ¡¿Qué puede haber mejor que un **OSO DE LAS CAVERNAS** para derrotar a los tigres?!

Así pues, volvimos corriendo a la caverna, donde nos encontramos de nuevo con el **guardián** y su famosísimo Fuffi.

¡DÉJATE DE HISTORIAS, MEMO PALEOZOICO!

—¡Contraseña! —nos exigió el guardián, pero la abuela lo hizo callar:

—¡SILENCIO, MEMO PALEOZOICO!

¡No queremos entrar y tampoco estamos aquí para hablar contigo, sino para hacerle una **propuesta** a tu oso de guardia!

El oso de las cavernas nos observó completamente desconcertado.

La abuela se acercó a la bestia sin mostrar ningún temor y le susurró al oído:

—¡Eh, tú, Fuffi, voy a hacerte una propuesta, ea! Y sé que te interesará… Como eres un oso, te gusta la *miel*, ¿cierto? Entonces, escúchame bien, Fuffi… Si **TÚ** nos ayudas a salvar a nuestro amigo de los tigres de dientes de sable, **YO** te prepararé una superratónica **MEGATARTA DE MIEL**, rellena de *miel*, cubierta de *miel* glaseada y decorada con confites de *miel*… ¿¿¿Qué te parece, oso, estás de acuerdo???

Fuffi empezó a menear el rabo, mientras la boca se le hacía agua:

¡ÑAM, ÑAMM, ÑAMMM!

Ambos se estrecharon la pata: ¡¡¡el oso había aceptado la propuesta de la abuela!!!

Entonces Fuffi tuvo una **IDEA**: mediante gestos, le explicó a la abuela que también podría llamar a sus dos hermanos, pero que ella tendría que preparar **TRES** megatartas de miel…

—¡¡¡Trato hecho —gritó la abuela—, Fuffi, llama a tus **hermanos**, y en marcha, ea!!!

¡¡¡GROOAARR!!!

Sin perder el tiempo, Fuffi se irguió sobre sus robustas patas traseras y tomó una enorme **bocanada** de aire. ¡Hinchó tanto el pecho que parecía el **DOBLE** de grande!

Luego se puso las patas delanteras alrededor de la boca y soltó un rugido tan terrorífico que hizo vibrar todo el bosque prehistórico:

—¡¡¡GROOOARRR!!!

Al cabo de un rato, llegaron otros dos **OSOS DE LAS CAVERNAS**, en respuesta a la llamada de su hermano oso.

Brrr… ¡¡¡qué canguelo felino!!! ¡En lugar de un único oso, ahora teníamos tres, **HAMBRIEN-TOS** y **AMENAZANTES**!

Empecé a temblar como un flan prehistórico. Y debo decir que a Fanfarrio, Benjamín y Tea tampoco se los veía muy tranquilos.

Pero la abuela no se asustó, al contrario. Sonrió a Fuffi y le dio un afectuoso **cachete** en el hocico.

—¡Bravo, Fuffi! —lo felicitó—. ¡Ahora la familia está al completo!

¡BRAVO!

Mediante **RUGIDOS**, Fuffi les explicó a sus hermanos la propuesta de la abuela, y ellos también se relamieron los bigotes.

A continuación, la abuela Torcuata saltó a la grupa de Fuffi e impartió las **ÓRDENES**:

—¡¿Ea, a qué estáis esperando?! ¡¡¡Subíos encima de los otros osos y seguidnos!!!

La abuela empezó a galopar a la velocidad de un **TORNADO**, sujetándose firmemente al pelaje de Fuffi.

Nosotros la imitamos, y así, ante la atónita **MI-RADA** del guardián de la Caverna de la Memoria, partimos hacia el pantano de Moskonia. Cinco **PREHISTORRATONES**, cinco, montados sobre tres osos, tres, dispuestos a atacar a la Horda Felina… **¡Qué aventura tan superratónica!**

¡Osos contra felinos!

Pese a su gran envergadura, los osos de las cavernas eran **VELOCES** como flechas y corrían como el viento.

Pronto ya estábamos **ZIGZAGUEANDO** entre moscas exasperantes, mos-

quitos fastidiosos y charcas de agua maloliente: ¡habíamos llegado al pantano de MOSKONIA!

El HEDOR era tan insoportable, que nos estremecimos de asco.

—¡El **campamento** de los tigres ya debe de estar cerca! —exclamó la abuela.

¡A LA CARGA!

¡¡¡GUAU!!!

Tras recorrer el último trecho del pantano, llegamos al campamento de la **Horda Felina**, donde vivían los tigres de dientes de sable.

En cuanto vi las cabañas de los tigres, un escalofrío me recorrió todo el pelaje.

Pero si ni siquiera había tiempo para pensar, ¡aún menos lo había para tener miedo!

La abuela Torcuata azuzó a los osos con determinación y gritó:

— **¡¡¡AL ATAQUE!!!**

La velocidad y potencia de los osos pilló por sorpresa a los tigres, que empezaron a huir de un lado a otro del campamento, maullando como gatitos asustados.

En un abrir y cerrar de ojos, todo el campamento se sumió en un desorden total. Los tigres corrían que se las pelaban, mientras los osos los LANZABAN contra las CABAÑAS del campamento, que caían aplastadas por su peso.

En medio de aquel caos general, localicé a Tiger Khan, el jefe de los tigres de dientes de sable, que **GRITABA** a pleno pulmón, tratando de restablecer el orden.

¡REACCIONAD! ¡LEVANTAOS! ¡MOVEOS! ¡¡¡HOLGAZANES!!!

Pero era inútil: ¡los osos eran invencibles!

—**¡TIGRES DE TRES AL CUARTO!** —gritó la abuela, asestando garrotazos—. ¡Como os pille, os borraré las rayas! ¡Os **arrancaré** el pellejo! ¡Os **LIMARÉ** los dientes de sable! Mi hermana Tea gritó:

—¡Así aprenderéis a no secuestrar a nuestros amigos, gatazos apestosos!

POR CIERTO: ¿DÓNDE ESTABA PIRAT-RUK?

Agucé la vista y, no sin esfuerzo, entre los tigres que huían y la polvareda que se había levantado, finalmente lo vi.

Pirat-Ruk estaba ATADO y colgado como un salchichón prehistórico, ¡listo para ser comido!

—¡Vamos, tío Ger! —dijo Benjamín—. ¡Tenemos que liberarlo!

¡Estoy aquíii!

Y antes de que pudiera responderle, Benjamín condujo a nuestro oso hacia el prisionero.

El oso cortó las ligaduras que inmovilizaban a Pirat-Ruk de un ZARPAZO y se lo cargó a la grupa.

—¡Pirat-Ruk está libre! —exclamé, con lágrimas de alegría en los ojos.

Mientras los tigres de la Horda Felina se lamían las HERIDAS entre las ruinas del campamento devastado, nosotros huimos lejos de la pestilencia del pantano de Moskonia.

¡MISIÓN CUMPLIDA!

¡ÑAM, ÑAMM, ÑAMMM!

Cuando entramos en Petrópolis a lomos de tres gigantescos **OSOS DE LAS CAVERNAS**, nuestros conciudadanos fueron presa de un canguelo descomunal (algunos incluso se apresuraron a **CINCELAR** un testamento improvisado, por si acaso).

El jefe del poblado, Zampavestruz Uzz, vino a nuestro encuentro, **tembloroso**:

—¡S-Stiltonut! ¿Q-qué ha pasado? ¿P-por qué regresáis con tres feroces enemigos como son estos osos de las c-cavernas?

—*¡DÉJATE DE HISTORIAS, ZAMPAVESTRUZ!* —le espetó la abuela Torcuata, situándose entre nosotros y el jefe del poblado—. ¡En otro

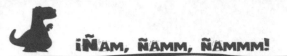
tiempo, estos osos fueron nuestros **ENEMIGOS**, pero con sus actos han demostrado ser amigos de nuestro **POBLADO**! ¡Sin ellos no hubiéramos logrado regresar a **Petrópolis** sanos y salvos! Así que… ¡ay de quien los toque!

Zampavestruz miró a aquellos animalotes con bastante aprensión, pero ¡¡¡los tres le respondieron *riéndose* a colmillo batiente!!!

Entonces el chamán Fanfarrio explicó nuestra increíble **AVENTURA** junto a los tres osos de las cavernas, y por fin el **jefe del poblado** se tranquilizó.

Los tres osos se volvieron hacia la abuela y le hicieron «toc, toc, toc» en la espalda, señalándose la boca y rugiendo:

¡ÑAM, ÑAMM, ÑAMMM!

La abuela sonrió.

—¡Ah, claro, no me he olvidado, tranquilos! Lo prometido es deuda... ¡Os prepararé tres **MEGATARTAS**, tres! ¡¡¡Con miel de la mejor calidad, ea!!!

Tardó un día y una noche, pero por fin las tres tartas de miel ya estaban listas. Eran tan grandes, que la abuela tuvo que usar una **CARRETILLA** para transportarlas hasta el centro de la plaza, donde esperaban los tres osos.

RECETA DE TARTA DE MIEL

INGREDIENTES:

- Harina: 350 g

- Miel de acacia: 100 g

- Miel de mil flores: 200 g

- Huevos: 4

- Aceite de girasol: 120 ml

- Leche: 200 ml

- Levadura de vainilla: 1 sobre

- Nata montada y frambuesas para decorar

PREPARACIÓN:

1. Con la ayuda de un adulto, batid los huevos en un bol, añadid la miel y montadla junto con los huevos durante unos minutos, usando una batidora eléctrica.

2. Añadid el aceite, la leche y la harina tamizada con la levadura de vainilla.

3. Una vez bien mezclada la masa, vertedla en un molde para tartas.

4. Pedidle a un adulto que la introduzca en el horno (180 °C) durante 40-50 minutos. Cuando la tarta se haya enfriado, decoradla con rosetones de nata y frambuesas frescas.

Mi primo Trampita trató de escamotear un **pe-dacito**, pues a él también le gusta la miel (¡mi primo es muuuy goloso!), pero la abuela le asestó un **CACHIPORRAZO** en la cabeza.

—¡Las patas quietas, nieto! Tú no nos has ayudado en nada, ¡así que nada de tarta para ti!

Los **TRES OSOS** ya habían comenzado a zamparse las tartas de miel, cuando todos los habitantes del poblado llegaron cargados de deliciosas viandas… ¡hechas con **MIEL**, en honor a nuestros nuevos amigos y sus preferencias!

Zampavestruz tomó la palabra:

—Es un pequeño detalle para recompensar a nuestros nuevos amigos osos… Es posible que algún día vuelvan a defendernos de los **TIGRES DE DIENTES DE SABLE**…

Y así, además de la famosa megatarta que había cocinado la abuela Torcuata, los tres heroicos osos de las cavernas también disfrutaron de:

un cargamento de **BUÑUELOS DE PODRIDILLO** con miel glaseada;

un gran QUESO PALEOZOICO bañado en miel humeante;

una carretón de **SOLOMILLO DE MEGALOSAURIO** relleno de miel;

una arroba de **MUSLAZOS A LA PARRILLA** con salsa de miel.

Nuestros amigos se abalanzaron sobre su recompensa y la hicieron desaparecer en un periquete.

Cuando por fin se lo hubieron **ZAMPADO** todo, los osos se

dispusieron a partir y nosotros les dimos las gracias por habernos ayudado a liberar a nuestro amigo Pirat-Ruk de los tigres de dientes de sable. En ese momento, Trampita me dio un **CODAZO** y dijo:

—¡Eh, primo, todavía no nos has explicado lo más importante! ¿En qué consiste el *tesoro perdido de las Prehistorratas Piratas*? Dime, primo, ¿qué es? ¡Vaaa, que estoy muy muy muy intrigado!

Todos los habitantes de Petrópolis le hicieron **eco**:

—¡Es verdad, nosotros también sentimos curiosidad! ¡Dínoslo dínoslo dínoslo, Stiltonut!

¡HIP, HIP... HURRA!

Pirat-Ruk les mostró a todos la BRÚJULA DE CRISTAL que había encontrado.

Trampita la aferró con avidez:

—Es bonita, pero ¿cuánto vale? ¿¿¿Podemos REVENDERLA y hacernos ricos???

La abuela Torcuata se le acercó, y dijo:

—¡¡¡Nieto, tienes la mollera más dura que una PIEDRA!!! ¡Esta brújula no es valiosa por su valor material, sino porque hará posible que nuestro amigo VUELVA a casa! ¡Ea!

Trampita gritó:

—¡OH, NO, CACHIPORRAZO AL CANTO!

¡Y aunque echó a correr, la abuela Torcuata aún tuvo tiempo de asestarle un golpe de garrote en la cocorota!

¡PLONC!

Sin dejar de masajearse el chichón de la cabeza, Trampita se excusó:

—Lo siento, abuela, ya sabes cuánto me gustan los tesoros…

Pero la abuela se mantuvo inflexible:

—Si quieres que te perdone… ¡organizarás un **MEGABANQUETE** y correrás con los gastos!

—¡Bien dicho, un buen BANQUETE es lo que nos hace falta! —exclamó mi hermana Tea.

Y así lo hicimos. Mientras el sol se ponía en el horizonte, vertiendo sobre Petrópolis una cascada de luz dorada, caminamos felices hacia el puerto entre risas y bromas, acompañados por nuestro amigo Pirat-Ruk y por todos los petropolinenses.

Y entre sabrosas delicias al gorgonzola, pasteles de carne fresca con **GUINDILLAS** paleozoicas y otras muchas especialidades preparadas por **Ratania Struz**,

¡YA ESTÁ LISTO!

¡A COMER!

la socia de Trampita y legendaria cocinera de la Taberna del Diente Cariado, finalmente celebramos nuestra **AVENTURA** de la búsqueda del Tesoro Perdido de las Prehistorratas Piratas. *¡Y no sólo eso!* Estaba a punto de sentarme a la mesa, cuando una vaharada de **perfume de muguete** me hizo cosquillas en los bigotes. *Por mil fósiles fosilizados*, aquél era el perfume inconfundible y cautivador de... de...

—**¡GERONIMO!** —dijo una voz suave, armoniosa e irresistible.

Al volverme, me hallé cara a cara con la roedora más fascinante, *cautivadora* y **atractiva** de todo el prehistomundo: ¡la bellísima, simpatiquísima e inteligentísima *Vandelia Magodebarrio*, la hija de Fanfarrio Magodebarrio, el chamán!

Vandelia tomó mi mano y la estrechó (¡a decir verdad, la *estrujó* con ganas, pues además de bellísima también era una roedora **fortísima**, aunque yo estaba demasiado emocionado para darme cuenta!).

GRACIAS, GERONIMITO...

—¡Gracias por haber traído a mi padre, el **CHAMÁN FANFARRIO**, sano y salvo

de vuelta a casa! —me dijo con una sonrisa que me llegó directamente al **CORAZÓN**.

¡Estaba tan emocionado que temblaba como un **queso fresco paleozoico**!

—*Ejem*, gracelia, Vandias… quiero decir… ¡gracias, Vandelia, sólo lo he hecho lo peor que he podido, quiero decir, lo mejor… ¡Aaarggg!

Por Suerte nos interrumpió Pirat-Ruk, que quería darnos las gracias.

—Queridos amigos y amigas, esta aventura me ha hecho comprender **ALGO MUY IMPORTANTE**: había perdido a mi pueblo, pero ahora he encontrado otro… ¡¡¡Nunca os olvidaré!!!

Todos los petropolinenses gritaron a coro:

—¡Viva Pirat-Ruk!

La abuela Torcuata también se puso en pie y gritó a voz en cuello:

—*POR PIRAT-RUK...*

¡HIP, HIP... HURRA!

¡HIP, HIP... HURRA!

Y entonces todos respondimos al unísono, como un solo ratón:

—¡¡¡HURRA!!!

Cuando acabó la velada, regresé a mi caverna para disfrutar de un merecido **descanso**.

Al día siguiente me esperaba una dura jornada de trabajo: cincelar una edición especial de *El Eco de la Piedra*, dedicado a nuestros **SENSA- CIONALES DESCUBRIMIENTOS** en la Caverna de la Memoria.

Pero ésa, como se suele decir por aquí, es otra prehistoria, ¡palabra de Stiltonut,

Índice

Geronimo Stilton

**Marca en la casilla correspondiente los títulos
que tienes de todas las colecciones de Geronimo Stilton:**

Colección Geronimo Stilton

☐ 1. Mi nombre es Stilton, Geronimo Stilton
☐ 2. En busca de la maravilla perdida
☐ 3. El misterioso manuscrito de Nostrarratus
☐ 4. El castillo de Roca Tacaña
☐ 5. Un disparatado viaje a Ratikistán
☐ 6. La carrera más loca del mundo
☐ 7. La sonrisa de Mona Ratisa
☐ 8. El galeón de los gatos piratas
☐ 9. ¡Quita esas patas, Caraqueso!
☐ 10. El misterio del tesoro desaparecido
☐ 11. Cuatro ratones en la Selva Negra
☐ 12. El fantasma del metro
☐ 13. El amor es como el queso
☐ 14. El castillo de Zampachicha Miaumiau
☐ 15. ¡Agarraos los bigotes… que llega Ratigoni!
☐ 16. Tras la pista del yeti
☐ 17. El misterio de la pirámide de queso
☐ 18. El secreto de la familia Tenebrax
☐ 19. ¿Querías vacaciones, Stilton?
☐ 20. Un ratón educado no se tira ratopedos
☐ 21. ¿Quién ha raptado a Lánguida?
☐ 22. El extraño caso de la Rata Apestosa
☐ 23. ¡Tontorratón quien llegue el último!
☐ 24. ¡Qué vacaciones tan superratónicas!
☐ 25. Halloween… ¡qué miedo!
☐ 26. ¡Menudo canguelo en el Kilimanjaro!
☐ 27. Cuatro ratones en el Salvaje Oeste
☐ 28. Los mejores juegos para tus vacaciones
☐ 29. El extraño caso de la noche de Halloween
☐ 30. ¡Es Navidad, Stilton!
☐ 31. El extraño caso del Calamar Gigante
☐ 32. ¡Por mil quesos de bola… he ganado la lotorratón!
☐ 33. El misterio del ojo de esmeralda
☐ 34. El libro de los juegos de viaje
☐ 35. ¡Un superratónico día… de campeonato!
☐ 36. El misterioso ladrón de quesos
☐ 37. ¡Ya te daré yo karate!
☐ 38. Un granizado de moscas para el conde
☐ 39. El extraño caso del Volcán Apestoso
☐ 40. Salvemos a la ballena blanca
☐ 41. La momia sin nombre
☐ 42. La isla del tesoro fantasma
☐ 43. Agente secreto Cero Cero Ka
☐ 44. El valle de los esqueletos gigantes
☐ 45. El maratón más loco
☐ 46. La excursión a las cataratas del Niágara
☐ 47. El misterioso caso de los Juegos Olímpicos
☐ 48. El Templo del Rubí de Fuego
☐ 49. El extraño caso del tiramisú
☐ 50. El secreto del lago desaparecido
☐ 51. El misterio de los elfos
☐ 52. ¡No soy un superratón!
☐ 53. El robo del diamante gigante
☐ 54. A las ocho en punto… ¡clase de quesos
☐ 55. El extraño caso del ratón que desafina